Another Sommer-Time Story™ Bilingual

Can You Help Me Find My Smile?

¿Me Puedes Ayudar A Encontrar Mi Sonrisa?

By Carl Sommer
Illustrated by Greg Budwine

Advance • HOUSTON
PUBLISHING, INC.
A Division of Sommer Learning Group

Permissions
Advance Publishing, Inc.
6950 Fulton St.
Houston, TX 77022

http://www.advancepublishing.com

First Edition
Printed in Malaysia

Library of Congress Cataloging-in-Publication Data

Sommer, Carl, 1930-
  [Can you help me find my smile? Spanish & English]
  Can you help me find my smile? = Me puedes ayudar a encontrar mi sonrisa? / by Carl Sommer ; illustrated by Greg Budwine. -- 1st ed.
      p. cm. -- (Another Sommer-time story)
  Summary: Teddy, a bear who is constantly grumpy, discovers that the secret to being happy is helping others.
  ISBN-13: 978-1-57537-150-4 (library binding : alk. paper)
  ISBN-10: 1-57537-150-2 (library binding : alk. paper)
  [1. Bears--Fiction. 2. Happiness--Fiction. 3. Conduct of life--Fiction. 4. Spanish language materials--Bilingual.] I. Budwine, Greg, ill. II. Title. III. Title: Me puedes ayudar a encontrar mi sonrisa?

PZ73.S655142 2009
[E]--dc22

                                                                          2008002381

Can You Help Me Find My Smile?

¿Me Puedes Ayudar A Encontrar Mi Sonrisa?

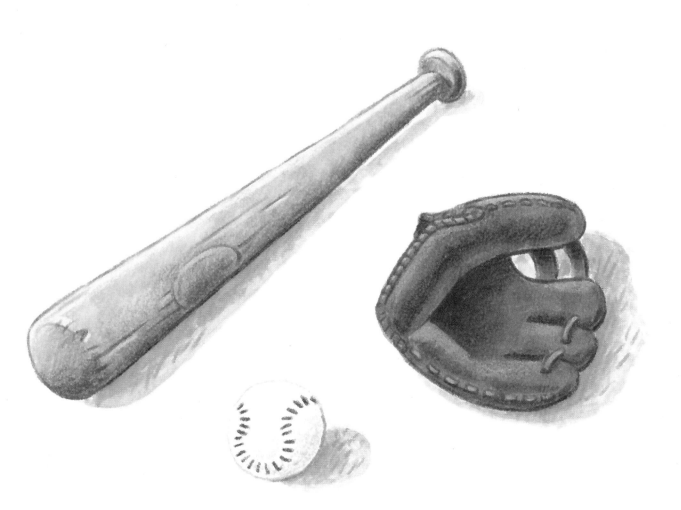

Once there was a young bear named Teddy who lived with his dad, mom, and sister, Susie.

Teddy was a very happy baby—he always smiled.

Había una vez un osito llamado Teddy que vivía con su papá, su mamá y su hermana Susy.

Teddy era un osito muy feliz—siempre sonreía.

But as Teddy grew older, he began to lose his smile. That made him feel grumpy.

Pero a medida que Teddy crecía, comenzó a perder su sonrisa. Esto lo ponía de muy mal humor.

Dad and Mom loved Teddy and did many nice things for him. They gave him gifts for special times, played games with him, and took him on fishing trips.

Still, Teddy felt grumpy—he hardly ever smiled.

Papá y Mamá amaban a Teddy y hacían muchas cosas lindas por él. Le daban regalos en ocasiones especiales, jugaban con él y lo llevaban de pesca.

Aún así, Teddy se sentía de mal humor—casi nunca sonreía.

Teddy did not like being grumpy. "If I just had a new bat and ball," he thought, "I know I'd get my smile back."

Sure enough, when he got a new bat and ball, Teddy smiled.

He was smiling when it was his turn to bat...

A Teddy no le gustaba estar de mal humor. "Si tan sólo tuviera un bate y una pelota", pensaba. "Yo sé que así recuperaría mi sonrisa".

Por supuesto, cuando tuvo su bate y su pelota nuevos, Teddy sonrió.

Sonreía cuando era su turno de batear...

...but he quit smiling when it was his turn to play in the outfield. Grumpy Teddy did not like running after the ball. He only wanted to hit the ball.

"Playing ball isn't much fun after all," grumbled Teddy.

...pero dejaba de sonreír cuando le tocaba jugar en el campo. Al gruñón de Teddy no le gustaba correr detrás de la pelota. Él solamente quería batear.

"Después de todo, jugar con la pelota no es tan divertido", se quejaba Teddy.

9

Teddy's dad and mom gave him a new bicycle for his birthday.
"Hooray!" shouted Teddy. "This bike will surely bring back my smile!"
Dad and Mom took him to the park, and happy Teddy had great fun riding down the hill...

Papá y Mamá le regalaron una bicicleta nueva para su cumpleaños.
"¡Hurra!", gritó Teddy. "¡De seguro que esta bicicleta me devolverá la sonrisa!"
Papá y mamá lo llevaron al parque y Teddy, feliz, se divirtió mucho bajando por la colina en su bicicleta...

...but unhappy Teddy grumbled when he had to pedal back up the hill.

Before long, riding his bike did not make him smile anymore.

It seemed everything Teddy did only made him happy for a short while. Teddy became a very grumpy bear—now he never smiled.

...pero Teddy, triste, se quejó cuando tuvo que pedalear de regreso para subir la colina.

Después de un rato, andar en su bicicleta ya no lo hizo sonreír.

Parecía que todo lo que Teddy hacía sólo lo ponía feliz por poco tiempo. Teddy se convirtió en un oso muy gruñón—ahora ya nunca sonreía.

11

Teddy wanted so much to be happy. One day he told a friend, "I don't like being so grumpy. Can you help me find my smile?"

"Sure!" said his friend. "We'll go to Playland. You'll find your smile there!"

Teddy deseaba tanto ser feliz. Un día le dijo a un amigo: "No me gusta ser tan gruñón. ¿Me puedes ayudar a encontrar mi sonrisa?"

"¡Claro!", dijo su amigo. "Iremos a Juegolandia. ¡Ahí encontrarás tu sonrisa!"

Off they went. Teddy and his friend rode all kinds of rides.
Teddy tried very hard to find his smile at Playland.
But the more rides he rode, the grumpier he became.

Y se fueron para allá. Teddy y su amigo subieron a todo tipo
de juegos. Teddy se esforzó mucho para encontrar su sonrisa en
Juegolandia.
Pero mientras más se subía a los juegos, más gruñón se ponía.

The following day Teddy asked another friend, "Can you help me find my smile?"

"I sure can!" answered his friend. "I know just what to do. Let's go swimming in the river. You'll find plenty of smiles there!"

Everyone was happy and had fun swimming, except Teddy. He just laid on his float with a big frown on his face.

Al día siguiente, Teddy le preguntó a otro amigo: "¿Me puedes ayudar a encontrar mi sonrisa?"

"¡Claro que puedo!", contestó su amigo. "Yo sé exactamente qué hacer. Vamos a nadar en el río. ¡Ahí encontrarás muchas sonrisas!"

Todos estaban felices y se divertían nadando, excepto Teddy. Él simplemente se recostó sobre su salvavidas con el ceño fruncido.

Sometime later Teddy told an older friend, "I've tried very hard to find my smile, but nothing works. Maybe I can ask my grandpa what to do."

His friend shook his head and laughed. "Grandpas can't help kids. They're too old!"

"Well," Teddy asked, "do *you* know where my smile is?"

"Of course! Your smile is inside you! Just keep telling yourself that you're happy, and then put a big smile on your face."

Después de algún tiempo, Teddy le dijo a un amigo mayor: "Me he esforzado mucho para encontrar mi sonrisa, pero nada funciona. Quizás pueda preguntarle a mi abuelo qué hacer".

Su amigo sacudió la cabeza y se rió: "Los abuelos no pueden ayudar a los niños. ¡Ellos son demasiado viejos!"

"Bueno", preguntó Teddy, "¿*tú* sabes donde está mi sonrisa?"

"¡Claro!, ¡Tu sonrisa está dentro de ti! Sólo tienes que decirte a ti mismo que eres feliz, y después, pon una gran sonrisa en tu cara".

Teddy did just what his friend said. He went home and stood in front of a mirror.

"I am happy!" he said.

"I am very happy!

"I am really very happy!" Then he grinned as big as he could.

But it was not a real smile, and it did not make him happy. In fact, it made him even grumpier.

Teddy hizo tal como su amigo le había dicho. Fue a su casa y se paró frente al espejo.

"¡Yo soy feliz!", dijo.

"¡Soy muy feliz!"

"¡Realmente soy muy feliz!" Luego intentó una gran sonrisa.

Pero no era una sonrisa real y no lo hizo feliz. De hecho, eso lo puso más gruñón.

One day Teddy's family went to visit Grandpa and Grandma. They lived on a farm with many kinds of animals.

Un día, la familia de Teddy fue a visitar al abuelo y a la abuela. Ellos vivían en una granja con muchos tipos de animales.

"Maybe I can do something on the farm that will make me happy," thought Teddy. "I can feed the animals and play with them. That should make me smile!"

"Quizá puedo hacer algo en la granja que me haga feliz", pensó Teddy. "Puedo alimentar a los animales y jugar con ellos. ¡Eso me hará sonreír!"

Teddy and Susie fed the ducks and chickens.
Susie had lots of fun and lots of smiles.   But not Teddy—he never smiled.

Teddy y Susy alimentaron a los patos y a los pollos.
Susy se divirtió y sonrió muchísimo. Pero Teddy no—él nunca sonrió.

Teddy and Susie fed the goats and rode the horses.
Susie had lots of fun and lots of smiles. But not Teddy—he
never smiled.

Teddy y Susy alimentaron a las cabras y montaron los caballos.
Susy se divirtió y sonrió muchísimo—pero Teddy nunca sonrió.

21

Nothing Teddy did on the farm made him smile. Now he was grumpier than ever.

Nada de lo que Teddy hizo en la granja lo hizo sonreír. Ahora estaba más gruñón que nunca.

22

Teddy went to Grandpa who was sitting in his rocking chair. Grandpa lifted Teddy onto his lap. Then he gave him a great big hug. Grandpa loved Teddy.

Teddy se acercó al abuelo que estaba sentado en su mecedora. El abuelo levantó a Teddy y lo sentó sobre su regazo. Le dio un gran abrazo. El abuelo amaba a Teddy.

23

"Teddy," asked Grandpa, "where is your smile?"

"I don't know," answered Teddy.

"Maybe I can help you find it," said Grandpa.

Teddy shook his head. "I don't think so. My friend says, 'Grandpas can't help kids. They're too old.'"

Grandpa laughed a big laugh. Then he asked, "Did your friend help you find your smile?"

"No," said Teddy softly. Suddenly he thought, "All my friends have been wrong. Maybe Grandpa *can* help me!"

"Teddy", preguntó el abuelo, "¿dónde está tu sonrisa?"

"No sé", contestó Teddy.

"Tal vez yo pueda ayudarte a encontrarla", dijo el abuelo.

Teddy sacudió su cabeza. "No lo creo. Mi amigo dice que: 'Los abuelos no pueden ayudar a los niños. Son demasiado viejos'".

El abuelo soltó una carcajada y preguntó: "¿Tu amigo te ayudó a encontrarla?"

"No", dijo Teddy suavemente. De pronto pensó: "Todos mis amigos han estado equivocados. ¡Quizá el abuelo *pueda* ayudarme!"

Teddy lowered his head and whispered, "Grandpa, can you help me find my smile?"

Grandpa stopped rocking. He gently lifted Teddy's head.

"When you try to make only yourself happy," said Grandpa, "you will always be sad and grumpy. But when you try to make others happy, you will find your smile."

Teddy inclinó su cabeza y susurró: "Abuelo, ¿me puedes ayudar a encontrar mi sonrisa?"

El abuelo dejó de mecerse. Suavemente levantó la cabeza de Teddy.

"Si sólo intentas hacerte feliz a ti mismo", dijo el abuelo, "siempre estarás triste y de mal humor, pero cuando intentes hacer felices a otros, encontrarás tu sonrisa".

"That doesn't seem right, Grandpa," said Teddy. "If I stop trying to make myself happy, then I'll *really* be sad!"

"No, no," said Grandpa as he patted Teddy's head. "Come with me."

"Where are we going?" asked Teddy.

"You'll see," answered Grandpa. They climbed into Grandpa's car and off they went.

"Eso no parece lógico abuelo", dijo Teddy. "Si ya no intento hacerme feliz, entonces ¡estaré *realmente* triste!"

"No, no", dijo el abuelo mientras acariciaba la cabeza de Teddy. "Ven conmigo".

"¿A dónde vamos?", preguntó Teddy.

"Ya verás", dijo el abuelo. Se subieron al carro del abuelo y se fueron.

As they drove around the town, Grandpa said, "Look Teddy. Everywhere you go there are those who are poor and needy. If you help those who really need help, you will find your smile."

"I don't understand, Grandpa," said Teddy, shaking his head. "But I'm going to do just as you say. I'm going to try real hard to make others happy."

Mientras manejaban por el pueblo, el abuelo dijo: "Mira Teddy, dondequiera que tú vas hay personas pobres y necesitadas. Si tú ayudas a aquellos que realmente lo necesitan, encontrarás tu sonrisa".

"No entiendo, abuelo", dijo Teddy sacudiendo su cabeza. "Pero voy a hacer exactamente como dices, voy a intentar en verdad hacer felices a los demás".

Soon it was time for Teddy and his family to leave the farm. They packed their bags and waved goodbye to Grandpa and Grandma.

Pronto fue hora de que Teddy y su familia dejaran la granja. Empacaron sus maletas y se despidieron del abuelo y la abuela.

On the way home, Teddy thought and thought about what Grandpa had said. He began thinking about others instead of himself. He wondered, "How can I make someone else happy?"
Finally, he got an idea!

Camino a casa, Teddy pensaba y pensaba acerca de lo que el abuelo le había dicho. Comenzó a pensar en otros en lugar de pensar en él mismo. Se preguntaba: "¿Cómo puedo hacer feliz a alguien más?"
Finalmente, ¡tuvo una idea!

The next morning, Teddy woke up early. He was ready to get started.

First he made his bed, then he put all his clothes and toys away. He had decided to clean the whole room! "This will surely make Mom happy," Teddy said to himself.

A la mañana siguiente Teddy se levantó temprano. Estaba listo para comenzar.

Primero tendió su cama, después puso toda su ropa y sus juguetes en su lugar. ¡Había decidido limpiar toda su habitación! "Seguramente esto hará feliz a Mamá", se dijo Teddy.

While cleaning his room, Teddy thought about how surprised and happy Mom would be.

The more he thought about making Mom happy, the less grumpy he felt. Teddy did not know it, but as he cleaned his room...he began to smile.

Mientras limpiaba su cuarto, Teddy pensó en lo sorprendida y feliz que estaría su mamá.

Mientras más pensaba en hacer feliz a su mamá, se sentía menos molesto. Teddy no lo notó, pero mientras limpiaba el cuarto...comenzó a sonreír.

In school Teddy sat in front of a boy named Billy. Billy often hid Teddy's books just to make him mad.

Sometimes he even tried to get Teddy in trouble with the teacher.

But this time *Billy* was in trouble—he had lost his notebook. And he did not want to tell the teacher that his mother did not have the money to buy another one.

En la escuela, Teddy se sentaba enfrente de un niño llamado Billy. A menudo, Billy escondía los libros de Teddy sólo para hacerlo enojar.

Algunas veces, hasta intentaba meterlo en problemas con la maestra.

Pero esta vez *Billy* estaba en problemas—había perdido su cuaderno y no quería decirle a su maestra que su mamá no tenía dinero para comprar otro.

Teddy remembered what Grandpa had told him about making others happy. Teddy knew Billy was poor, so he turned around and said, "Billy, you can have my extra notebook."
Billy was so happy. "Thank you, Teddy!"
Teddy did not know it, but he had a smile on his face. And he had a new friend—Billy.

Teddy recordó lo que el abuelo le había dicho acerca de hacer felices a los demás. Teddy sabía que Billy era pobre, entonces se volteó y dijo: "Billy, te regalo mi cuaderno extra".
Billy estaba muy feliz. "¡Gracias, Teddy!", dijo Billy.
Teddy no lo notó, pero ya tenía una sonrisa en su rostro. Ahora tenía un nuevo amigo—Billy.

While walking home from school, Teddy saw a friend having trouble carrying her books.

Mientras caminaba de regreso a casa, Teddy vio a una amiga que tenía problemas para cargar sus libros.

"Bonnie!" called Teddy. "Let me help you."
"Thank you," she said.
Teddy felt very happy as he carried Bonnie's books. He did not know it, but he had a big smile on his face.

"¡Bonnie!", la llamó Teddy, "déjame ayudarte".
"Gracias", dijo ella.
Teddy se sintió muy feliz mientras cargaba los libros de Bonnie. Él no se dio cuenta pero tenía una gran sonrisa en su rostro.

That afternoon Mom went into Teddy's bedroom. Was she ever surprised! "Who cleaned up this room?"

There stood Teddy with the biggest smile on his face. "I did, Mom!"

"I'm so happy!" said his mother. Then she gave Teddy a great big hug.

Esa tarde, Mamá entró a la habitación de Teddy. ¡Estaba tan sorprendida! "¿Quién limpió esta habitación?"

Ahí estaba Teddy parado, tenía la sonrisa más grande en su rostro. "¡Yo lo hice mamá!"

"¡Estoy muy feliz!", dijo su mamá. Entonces le dio a Teddy un gran abrazo.

That night Teddy felt so good—he had made his mom happy. Now he wanted to make his dad happy. But what could he do?

"The garden!" thought Teddy. "Tomorrow I'm supposed to help Dad pull weeds from the garden. I'll do it all by myself! Will he ever be surprised...and happy!"

Esa noche Teddy se sintió muy bien—había hecho feliz a su mamá. Ahora quería hacer feliz a su papá. Pero, ¿qué podía hacer?

"¡El jardín!", pensó Teddy. "Se supone que mañana yo le ayudaré a Papá a sacar las hierbas del jardín. ¡Lo haré todo yo solo! ¡Se sorprenderá...y se pondrá feliz!"

The next afternoon while his friends played, Teddy went to work in the garden. He pulled out all the weeds by himself. He even did extra work—he raked the yard!

It was hard work, but Teddy was happy thinking about how glad Dad would be when he saw the garden and the yard. Teddy did not know it, but while working he had a great big smile on his face.

La tarde siguiente, mientras sus amigos jugaban, Teddy fue a trabajar en el jardín. Sin ayuda de nadie se encargó de sacar todas las hierbas. Además hizo un trabajo extra—¡recogió las hojas del pasto!

Fue un trabajo difícil, pero Teddy estaba feliz pensando en qué contento estaría su papá cuando viera el jardín y el pasto. Teddy no se dio cuenta, pero mientras trabajaba, tenía una gran sonrisa en su rostro.

When Dad got home from work that day, he was so surprised!
"Who has been working in the garden, and...who raked the yard?"
Dad could not believe his eyes.

There stood Teddy with the biggest smile ever. "I did, Dad!"

Aquel día, cuando Papá llegó a casa de regreso del trabajo,
¡se sorprendió muchísimo! "¿Quién ha estado trabajando en el
jardín?...y ¿quién recogió las hojas del pasto?" Papá no podía creer
lo que veían sus ojos.

Ahí estaba Teddy de pie con la sonrisa más grande que jamás
había tenido: "¡Yo lo hice, Papá!"

Dad picked Teddy up and gave him a great big hug. Finally, Teddy realized…he was happy! He had found his smile by helping others!

Papá cargó en sus brazos a Teddy y le dio un gran abrazo. Finalmente, Teddy consiguió lo que tanto quería…¡estaba feliz! Él había encontrado su sonrisa ¡ayudando a los demás!

When Teddy went back to the farm, he ran to Grandpa and jumped onto his lap. With a great big smile he said, "It works, Grandpa! It works!"

"What works?" asked Grandpa.

Cuando Teddy regresó a la granja, corrió hacia el abuelo y brincó a su regazo. Con una gran sonrisa le dijo: "¡Sí funciona, Abuelo!, ¡sí funciona!"

"¿Qué funciona?", preguntó el abuelo.

"Remember? You said if I wanted to find my smile, I must help others."

"That's right," nodded Grandpa.

"Well," said Teddy, "I began making others happy, and now I have the biggest smile in the whole world!"

"¿Recuerdas? Tú dijiste que si quería encontrar mi sonrisa, debía ayudar a los demás".

"Es cierto", dijo el abuelo asintiendo con la cabeza.

"Bueno", dijo Teddy, "comencé a hacer felices a otros, y ahora ¡tengo la sonrisa más grande que existe en el mundo entero!"

From then on wherever Teddy went, he led the way by making others happy. No longer was Teddy a grumpy bear. Now he had lots of smiles. His friends even gave him a new name—Smiley Bear.

Best of all, Teddy never forgot Grandpa's lesson: Happiness comes by helping others.

Desde entonces, a dondequiera que Teddy iba, buscaba la manera de hacer felices a los demás. Teddy ya no fue más un oso gruñón. Ahora tenía muchas sonrisas. Hasta sus amigos le pusieron un nombre nuevo—El Oso Sonriente.

Lo mejor de todo es que Teddy nunca olvidó la lección del abuelo: La felicidad viene ayudando a otros.

Read Exciting Character-Building Adventures
★★★ Bilingual Another Sommer-Time Stories ★★★

978-1-57537-150-4

978-1-57537-151-1

978-1-57537-152-8

978-1-57537-153-5

978-1-57537-154-2

978-1-57537-155-9

978-1-57537-156-6

978-1-57537-157-3

978-1-57537-158-0

978-1-57537-159-7

978-1-57537-160-3

978-1-57537-161-0

All 24 Books Are Available As Bilingual Read-Alongs on CD

English Narration by Award-Winning Author Carl Sommer
Spanish Narration by 12-Time Emmy Award-Winner Robert Moutal

ANOTHER SOMMER-TIME STORY
Fun Times With Timeless Virtues
Bilingual Series

Also Available! 24 Another Sommer-Time Adventures on DVD

English & Spanish

978-1-57537-162-7

978-1-57537-163-4

978-1-57537-164-1

978-1-57537-165-8

978-1-57537-166-5

978-1-57537-167-2

978-1-57537-168-9

978-1-57537-169-6

978-1-57537-170-2

978-1-57537-171-9

978-1-57537-172-6

978-1-57537-173-3

ISBN/Set of 24 Books—978-1-57537-174-0
ISBN/Set of 24 DVDs—978-1-57537-898-5

ISBN/Set of 24 Books with Read-Alongs—978-1-57537-199-3
ISBN/Set of 24 Books with DVDs—978-1-57537-899-2

For More Information Visit www.AdvancePublishing.com/bilingual